Molly Bang

DIEZ, NUEVE, OCHO

A MULBERRY PAPERBACK BOOK
New York

Library of Congress Cataloging in Publication Data

Bang, Molly. Ten, nine, eight.
"Greenwillow Books."
Summary: Numbers from ten to one are
part of this lullaby which observes the room
of a little girl going to bed.
[1. Lullabies. 2. Counting.] I. Title.
II. Title: 10, 9, 8.
PZ8.3.B22Te [E] 81-20106
ISBN 0-688-00906-9
ISBN 0-688-00907-7 (lib. bdg.)
ISBN 0-688-10480-0 (pbk.)
ISBN 0-688-15468-9 (Spanish pbk.—*Diez, Nueve, Ocho*)

Manufactured in China by South China Printing Company Ltd.
For information address HarperCollins Children's Books,
a division of HarperCollins Publishers,
10 East 53rd Street, New York, NY 10022.
www.harperchildrens.com

First Edition 13 SCP 40 39 38 37 36 35 34 33 32

10 deditos lindos,
limpios y calentitos.

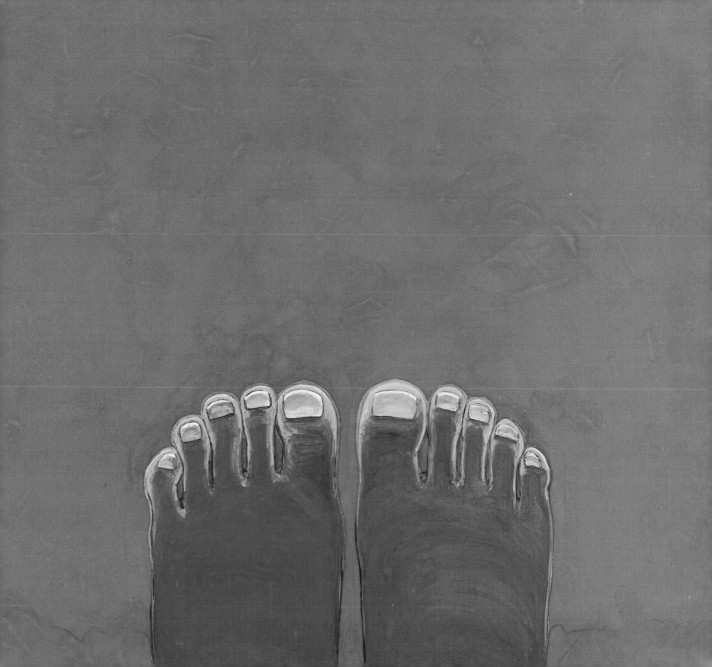

9 amigos suaves,
en un cuarto calladito.

8 cristales cuadrados dejan ver la nevada.

7 zapatos sin pie,
en fila muy ordenada.

6 caracolas blancas,
adornan la habitación.

5 botones redondos en un lindo camisón.

4 ojitos cansados
que ya se quieren dormir.

3 besos en las mejillas
y uno grande en la nariz.

2 bracitos fuertes
que acarician al osito.

1 niña linda
que ya tiene sueñito.